Janosch ZURÜCK NACH USKOW

W0186303

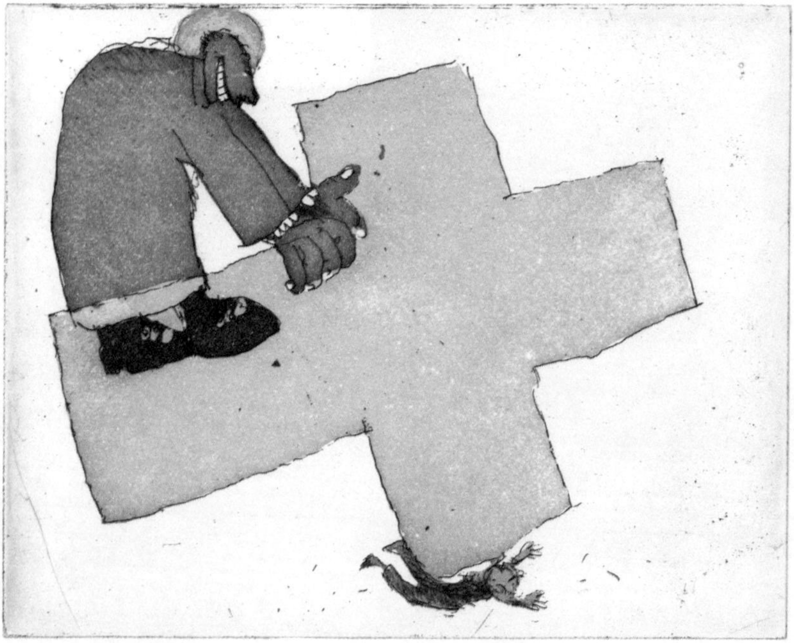

Janosch

ZURÜCK NACH USKOW

oder

DER HUND VON CUERNAVACA

oder

EINE SPUR VON GOTT

Ein Theaterstück

Mit 10 Illustrationen des Verfassers

MERLIN

Personen der Handlung:

STEINER
EIN FERNSEHER

Die Handlung

Der alte Mann Steiner, ein einfacher Mensch und von Beruf Steinmetz, ist mit dem Tod verabredet. Es war vereinbart, daß er ihm zur letzten Begegnung lachend und ohne Fiasko entgegenkommt. Nun ist es soweit – nur kann er nicht lachen. Nicht fröhlich in den Tod gehen zu können, heißt für Steiner: das Leben ist nicht geglückt.

Er will den Fehler finden und geht in seiner Rede mit sich selbst zurück nach Uskow, wo er geboren wurde. Er sieht, daß er sein ganzes Leben aufwenden mußte, um die Verwirrungen der katholischen Erziehung in seiner Kindheit loszuwerden. Aber er hat auch zeit seines Lebens in dieser Welt eine Spur von Gott gesucht, und er beschreibt den Wendepunkt, als er diese Spur fand, – in einem Hund in Cuernavaca. Und er findet den Fehler. Zuletzt.

Sein Gesprächspartner ist zeitweilig der Fernsehempfänger in seinem Zimmer.

Ein karges Zimmer, links ein kleiner Tisch und ein Stuhl. Rechts ein Bett. Hinten ein alter Fernseher. Eine geschlossene Tür. Mit einer Nadel an die Wand geheftet ein Zettel. Steiner steht an der Rampe in der Mitte des Raumes:

Ich bin hier – – –
und er ist da. *(Er zeigt auf die Tür)*
Wir sind verabredet.

(Er geht auf und ab)

Wir kennen uns lange. Wir waren oft zusammen. Ich sollte besser sagen: Sehr oft. – – – In der ersten Zeit habe ich ihn kaum wahrgenommen, dann habe ich mich vor ihm gefürchtet, dann hatte ich mich an ihn gewöhnt. Und am Ende habe ich ihn manchmal sogar geliebt. Gelegentlich habe ich auf ihn gewartet, wenn er lange nicht von sich hören ließ – mein Gott, wie habe ich ihn zeitweilig hergewünscht, und er kam nicht.

(Er redet jetzt schneller ohne abzusetzen)

Und dann eines Tages waren wir wie Brüder, ich sagte, wenn es so weit sein wird und er käme um mich zu holen – ich werde dir entgegenkommen, sagte ich.
Kein Fiasko, Bruder, wir werden lachen, oh Mann, werden wir lachen über die Sinnlosigkeit allen Tuns und es wird keine Rolle spielen, wer das Spiel gewonnen hat, es wird sogar ohne jede Bedeutung sein, ob es überhaupt einen Sieger gibt – kurzum: ich werde lachen.

Und nun kann ich nicht lachen und ich sage es einmal so dahin: wenn du am Ende nicht lachen kannst, ist dir das Leben nicht geglückt.
Und darauf kommt es an: DAS LEBEN MUSS DIR AM ENDE GEGLÜCKT SEIN.

– – –

Genaugenommen stehe ich nicht IHM im Wort – ich stehe MIR im Wort, denn es war MEIN Leben. Welches mir – sofern mir das Lachen nicht noch hier vor dieser Tür gelingt –, geglückt zu sein hat. Auf IHN pfeife ich. Mit Verlaub gesagt.
Was das Lachen angeht.
Mit Lachen meine ich nicht Grinsen. So wie Ihr: das Maul in die Breite ziehen, weil ein Kunde zu bedienen ist, Zähne zeigen. DAS könnte ich auch.
Dreht der Kunde sich ab, fällt die Maske zusammen.
Ich meine: »ihm laut lachend auf einem silbernen Vogel folgen...« ... mein Gott, wie sich das anhört!
Poesie, Blödsinn.
Was redest du da daher, Steiner?

– – –

Oder war es zu großspurig? Ein paar Nummern zu groß für den winzigen Steiner? Ein Versprechen, welches du nie wirst einhalten können?
Grö– – –ßen– –wahn?!

– –

Zeitlebens hatte ich das Gefühl, einen Stein mit mir herumzuschleppen. Ich dachte, einmal könnte ich ihn – und wenn's am Ende ist – ablegen. Leichten Fußes – – – nein: leichten FLÜGELS – – SILBERNEN FLÜGELS hinüberzufliegen...
Und darüber, bitte, werde ich doch wohl lachen dürfen?

Alles ist abgerechnet, beide Seiten gegeneinander aufgezählt, unter dem Strich steht auf beiden Seiten Null – nicht GANZ. EIN kleiner Fehler ist da noch.
– – – dieses da nicht zu können – – –

(grübelt)

IHN habe ich nie lachen sehen. Nicht einmal über seine hervorragende Ernte, ich rede vom Tod, über das Blut, das über die Erde floß allein nur während der Zeit, in der ich hier war. Und jetzt ist er dort, – und ich bin hier. – –
Alles ist leergefegt ich habe meinen Platz hier *(Er geht im Zimmer herum und zeigt überall hin)* freigeräumt, keine Spur bleibt, als wäre ich nie dagewesen wer zu den Göttern will hinterläßt keine Spuren ich möchte nie wiedergeboren werden auf dieser Erde und als Mensch; mir erscheint es – schaue ich zurück – kein Glücksfall zu sein, ein Mensch zu sein.

(Steiner geht herum und schüttelt den Kopf, setzt sich auf das Bett. Spielt mit der Fernbedienung und im Fernseher erscheint mit einem schlechten Bild der Papst, der Fernseher kreischt, die Stimme aus dem Fernseher ist verzerrt.)

»...Denn Gott liebt seine Kinder und diese Welt, am meisten liebt er die Armen dieser Erde und seine Liebe und seine Gnade kennt keine Grenzen. Sofern wir uns seiner würdig erweisen und Ihr mein Wort befolgt...«

(Steiner lacht los und schaltet ab)

Natürlich, darüber kann ich lachen. Über Unsinn. –

(Er zieht den Stuhl in die Mitte des Raumes, murmelt und schüttelt den Kopf)

Ein Fehler, der mir das Lachen im Hals erstickt. Und wenn ich ihn nicht finde?
Also gehen wir zurück nach Uskow. Für mich begann es in Uskow. Ob davor etwas war – die einen sagen ja, die anderen nein, wir werden es nicht erfahren, belassen wir es dabei: der Anfang liegt bei der Geburt.
Ich also, Steiner, ein einfacher Mensch, daselbst geboren in dem Jahr sowieso als Sohn des Kleinwarenhändlers Valentin Steiner, Kurzwaren und Trikotagen en detail – der große Traum meines Vaters war, aufzusteigen. Vom detail in en gros. Ist ihm nie gelungen. En detail und dann war aus. Mein Gott, wie sehnte er sich nach dem Großhandel!
Erst aus dem Koffer, er ging durch die Häuser von Uskow und verkaufte an den Türen Kurzwaren. Nähgarn. Nadeln, Haarspangen. Später Damenstrümpfe, die er gern selbst den Damen anprobierte und sich in Naturalien bezahlen ließ. Wenn er am oberen Strumpfsaum war, hatte er schon gewonnen. Ich kann davon berichten, weil meine Mutter mich ihm aufzwang, ihn drängte, mich mitzunehmen, ›das‹ mitzunehmen, sagte sie, auf seine Tour, sie nannte mich immer ›das‹, wohl weil sie meinte, ihm damit ein gewisses Hindernis in den Weg zu stellen. Aber nichts davon.
»No, lassen Sie sich das anprobieren, Frollein, wie der Strumpf sitzt, weil besser ist, man probiert alles erst an. Schämen Sie sich nicht vor mir, denn ein Kaufmann ist wie ein

Arzt, das ist sein Beruf. Hier, gucken Sie mal die Qualität an!« Und wenn er sie dann dem Mädel – oder gut, es kamen auch ältere Damen vor, besser gesagt, sie kamen sogar öfter vor als die jüngeren, weil sie nicht mehr so verschämt sind. Im Gegenteil. Manche baten direkt darum: »Probieren Sie ihn mir selber an, Herr Steiner, Sie verstehen mehr davon...«

Wenn eine besorgt fragte, weil das Kind, also ich, dabei war, beruhigte er sie sofort. ›Ach was, das Kind weiß noch nichts. Ich kauf ihm eine Tüte Judennüsse, da merkt er nichts.‹ Judennüsse sind Strohnüsse, also Erdnüsse. Damals hießen sie so. Ich kann Sie versichern, mir lief, sobald er das Knie erreicht hatte, ein Feuer durch das Blut, absolute Himmelfahrt, wie ich sie später nie wieder erreichte. Ich wußte, daß es etwas Gewaltiges war und nicht von dieser Welt.

– Nein, er bekam weder je einen Tripper noch Schlimmeres. Ich erinnere mich eines Freundes von ihm, der ihm heimlich und mit so einem Grinsen manchmal etwas zusteckte, was ihn vor solchem bewahrte und was er, der Freund, für ihn aufbewahrte, denn zu Hause war es nicht unterzubringen –

gehört aber nicht hierher, Sie haben Recht.

Später nahm er größere Artikel dazu. Schals etwa oder auf Bestellung Kunstseidenstoffe am Meter. Sein Lieblingswort war damals Georgette, mir lief immer ein Schauer über den Rücken, wenn er davon mit Andacht redete. Meine Mutter fing sofort an zu heulen, wenn er Georgette in seinen Koffer packte; er kam dann manchmal zwei Tage nicht nach Haus. Georgette lag höher im Preis als Kunstseide.

»Sehen Sie mal, wie das fällt, und hier, wie das absteht, da hängt nichts wie Lappen rum. No, was sagen Sie da, Frollein?

Gute Seide, ja?« – Es war natürlich keine Seide, wie könnte es in Uskow Seide gegeben haben?
Später verkaufte er aus der Wohnung. Er legte ein Lager in der Stube an, wir hatten zwei Zimmer und Küche, und die Kunden kamen zu uns. Damen kamen nicht, sie wurden beliefert wie zuvor. Später übernahm er ein enteignetes Judengeschäft mit angrenzendem Lagerraum, was ihm als gewaltiger Aufstieg man kann sagen den Geist vernebelte. Er kleidete sich ab da in Nadelstreifen-Anzüge, trug einen weißen Schal (auch Kunstseide) und ließ sich maniküren.
Da hatte er schon Groß-Trikotagen. Lange Unterhosen etwa. Strickjacken, hier und da konnte er auf Bestellung ein fertiges Kleid beschaffen. Klären wir hier nicht, ob er ein Hurenbock war, sagen wir nur: er war ein bestialischer Säufer...
Er starb unglücklich und en detail.
Mutter? Ja. Katholisch. Das war das Auffallendste an ihr. Sie nannte mich ›das‹. Ich sagte es schon. »Halte ›das‹ mal! – Ich habe ›das‹ schon ins Bett gelegt«. Meinte sie ›Das Kind‹ oder ›Das Ding‹? Vielleicht meinte sie das Kind. Kinder sind ja eine Art Besitz, den Eltern sich zulegen, wenn sie schon eine Wohnung haben, und ein Auto, dann wollen sie auch ein Kind haben. »Haben« ist das Wort, um das es geht, die Sprache verbirgt es nicht. Aber lassen wir das. Sie waren nicht lebens-unfroh – nein. Die Uskowiter waren nicht lebensunfroh. Jedenfalls keinesfalls so, wie Ihr hier. Die einen unter Euch, die Ihr Euer Brot nicht mit hausieren verdienen müßt, sondern geerbt habt. Vielleicht irre ich mich auch und Ihr seid ganz anders.
Uskow war gottesfürchtig, daß heißt, sie fürchteten Gott – also, sie waren von Kind auf in der Furcht vor Gott erzogen –

dafür soffen sie wie die Wildschweine. Und heute weiß ich, warum, denn ich soff auch: sie soffen aus Furcht. Jawohl, aus Furcht. Ich behaupte, die Polen zum Beispiel sind immer besoffen, weil sie Gott als den großen Rächer ein Leben lang mit sich herumtragen. Man erträgt das leichter im Suff. Aber lassen wir das.

Ganz Uskow war also katholisch.

Alles war katholisch: die Leute, die Häuser, die Bäume, die Steine, und was nicht katholisch war, war des Teufels. Alles war auf eine teuflische Weise katholisch.

– – – *(Er kommt nach vorn und flüstert)* auf eine unerträgliche teuflische Art– – – katholisch. Kennen Sie das?

Die Evangelischen wurden verachtet, die Juden gehaßt. Aber man bediente sich ihrer. So war etwa unser Arzt ein Jude, nahm von denen, die kein Geld hatten, keines an, gab ihnen noch etwas dazu – – – aber reden wir nicht zu viel davon.

Ihr Uskowiter wollt nichts mehr von den Juden hören. Habe ich recht? – ich kenne doch die Uskowiter. Verstreut sind sie über die Länder dieser Welt – –

Der Bäcker hieß nicht Czaja, sondern ›der evangelische Bäcker‹ und man kaufte bei ihm kein Brot, wenn man Zeit hatte, woanders eines zu holen. Sein Kind spielte einsam im Hinterhof, der Bäcker Czaja schenkte jedem Kuchen, der mit seinem Kind spielte. Man spielte aber nur heimlich mit ihm, um sich der Verhöhnung zu entziehen. Ich spielte oft mit ihm, den Mut hatte ich da noch. Ich war da erst vier. Am liebsten bekam ich Bienenstich. Frisch. Sie hatten auch eine Schule für die Evangelischen. Uskow war nicht sehr groß. Fünf katholische Schulen, eine evangelische, die Juden lebten im Verborgenen. Sie wurden gehaßt, sagte ich schon.

(Er geht auf und ab und erzählt)

Das saß im Blut, die Uskowiter, wie gesagt, waren Kirchgänger. Lieblingsthema und Mittelpunkt dieser Religion: Jesus Christus, den die Juden als Kreuz schlugen. Nie wurde sein Name genannt ohne den Zusatz »den die Juden ans Kreuz schlugen«.

Meine Mutter lief fortwährend in die Kirche. Sie hatte sich mit Hilfe der kleinen Einkünfte meines Vaters einen Kirchenplatz in der ersten Reihe auf dem Chor im Hochamt gekauft und führte dort ihre Kleider vor. Sie kleidete sich – oder versuchte es – wie Zarah Leander. Ich mußte mit. Und da saß ich dann – vier Jahre alt – und rutschte auf dem Platz herum. War der Nachbarplatz nicht frei, mußte ich stehen. Sie sangen diese entsetzlichen Lamentorien: »Grohosäär Gohot wir lohoben dihich«.

Sie kennen das, aber für mich war es die erste Begegnung mit der Musik. Es grauste mich.

(Er schüttelt sich)

Mein Vater war ein mittelgroßer, eher magerer Mensch von einer entsetzlichen Muskellosigkeit. Ich hätte gern einen starken Vater gehabt, die Uskowiter waren kräftig, denn Uskow war zu 60 Prozent ein Arbeiterort. Grubenarbeiter. die arbeiten mußten, bis sie tot umfielen. Analphabeten bis zu meiner Generation.

Mein Großvater sah die Sonne nur an den Sonntagen. Ein guter Mann. Dreimal verunglückt, immer überlebt, elf Personen wohnten sie in zwei Stuben, davon war eine die Küche,

die Schlafkammer ohne Ofen. Einmal in der Woche gab es Salzhering für alle. Am Sonntag ein kleines Stück Fleisch für jeden, der arbeitete. Speck war das Gold der Uskowiter. In Notzeiten wurden die Kartoffelschalen der Nachbarn ausgekocht. Hatte man Salz, schmeckten sie besser. Schnaps gab es von der Grube einmal in der Woche als Zugabe. Schnaps war das Labsal der Seele. Mein Vater arbeitete nicht im Bergwerk, auch als Händler konnte man ein brachialischer Säufer sein. Er schlug seine Frau brachialisch, sie schlug mich brachialisch, und wenn es dazu kam, nahm er auch schon mal die Lederpeitsche, etwa wenn ich im Sommer keinen Mantel anziehen wollte, weil es zu heiß war und weil die anderen mich verhöhnten, aber er hatte es befohlen, denn er war zu besoffen, den Sommer zu erkennen: »Ich werd dir zeigen, wer hier der Vater ist! Und wenn es tausendmal heiß ist, wird das befolgt, was der Vater sagt. Den Eltern ist zu gehorchen!«
Er sagte es nicht, er brüllte es.
Aber DAS ist es nicht, was mir das Lachen im Hals erstickt.
Das ist heute nur lächerlich.

(Er stellt sich vorn auf und starrt in den Zuschauerraum)

Man erklärte mir zum ersten Mal den lieben Gott. »Der liebe Gott ist das Christkind. Das Christkind bringt dir die Geschenke, aber dann wurde es von den Juden ans Kreuz genagelt...«
Nun fing die Schule an. Auch dort Einweisung in den christlichen Glauben. Zweimal in der Woche Religionsunterricht. Er fängt so an: »Im Anfang schuf Gott den Himmel und die Erde

und dann den Menschen. Der Mensch ist Gottes Ebenbild. Gott schenkte dem Menschen das Paradies und den freien Willen. Im Paradies konnte er leben ohne Mühsal und Pein, er mußte nicht arbeiten, die Früchte wuchsen ihm in den Mund, und so hätte es weitergehen können in alle Ewigkeit. Da aber verführte Eva das Weib den Mann, und Gott verfluchte die Menschen und vertrieb sie aus dem Paradies. Seither wird der Mensch mit einer schweren Sünde geboren und lebt in Mühsal, Krankheit und Elend, und hätte das Weib ihn nicht verführt, wären wir heute noch im Paradies ohne Mühsal und Pein..usw.«
Bravo. Wem das bekannt vorkommt, ist aus Uskow.

(Er starrt in den Zuschauerraum)

Oder hat man Sie etwas Anderes gelehrt? – – – – Voila!

(Er geht herum)

Als ich zur Schule kam liebte ich Traudi. Es kam übermächtig über mich. Sie ging in die Mädchenschule, katholisch getrennt, die Geschlechter getrennt. Also sah ich Traudi nur hinter dem Zaun. Sie war sechs. Manchmal sah ich sie auch von fern auf der Straße. Meine Liebe zu ihr war himmlisch. Aber Traudi war ein Weib, natürlich war sie ein Weib und deswegen des Teufels Werkzeug. Die Verwirrung nahm ihren Anfang. Die Gebote waren auswendig zu lernen, vorerst zehn. Die Übertretung bedeutete die Hölle, denn Gott hatte den Teufel geschaffen, um den Sünder zu strafen. »Die schwerste Sünde, Kinder, aber ist die Unkeuschheit«.

(Er holt von irgendwo auf dem Boden einen Katechismus)

Was verbietet das sechste Gebot Gottes?. Es verbietet alle Sünden der Unkeuschheit: unkeusche Blicke, Scherze, Berührungen und alles was zur Unkeuschheit verleitet. Zur Unkeuschheit verleiten: Vorwitz der Augen, unehrbare Kleidertracht, Verführer und Verführerinnen, nächtliche Zusammenkünfte, unanständige Schauspiele, Tänze, Müßiggang und weichliche Lebensart. Keine Sünde ist schädlicher auch in ihren Folgen. Welches sind die Folgen von Unkeuschheit? Sie verpestet Leib und Seele. Sie verleitet zu vielen anderen Sünden und Lastern, nicht selten zu Mord und Totschlag. Sie stürzt in Elend, Schmach und Schande und endlich in die ewige Verdammnis.
Ich – Steiner – stürzte in einen Abgrund. Die Unkeuschheit kommt vom Weib, auch Traudi war ein Weib. Traudi die Sünde, Steiner sieben.
In der Kirche saß sie auf der Mädchenseite. Ich aber kämpfte mit dem Teufel, sie zu vergessen, was mir nicht gelang. Ich war Opfer des Satans geworden. Zu der Verwirrung und entsetzlichen Furcht kam die Unfähigkeit zu begreifen, was hier vorging. Ich schloß die Augen, wenn ich Traudi sah, nie bin ich ihr im Leben näher gekommen als auf fünf Meter. Sie haben mir die Liebe zu Traudi zerstört mit ihrem Irrsinn. – Ich werde sie so nie wieder erleben. – Oh Steiner, vergiß deinen Haß!
Mit sieben begann auch der Beichtunterricht. Zweimal in der Woche. Einmal Schulmesse, eine Sonntagsmesse, samstags beichten. Damit Gott uns vergeben kann, müssen wir unsere

Sünden beichten und bereuen. Achtzig Sünden standen zur Auswahl, und ich, Steiner, sieben Jahre alt, beichtete: »Ich habe begehret meines Nächsten Weib«. Neuntes Gebot.

(Er blickt in den Zuschauerraum)

Uskowiter, ich frage Euch, wißt ihr, an wen Ihr Eure Kinder ausliefert? Ihr wißt nichts von Euren Kindern, nichts.
Die Verwirrung meiner Kinderseele ging weiter.
Für leichte Sünden gab es das Fegefeuer, das nur ein paar Millionen Jahre brennt, also eine verkürzte Hölle. Die Hölle selbst dauert dann ewig.
Dreimal am Tag andächtig beten war schon nicht zu machen. Ein Blick auf Traudi werfen, alles sah Gott und wartete auf mich mit der Hölle. Mit Angstschweiß ging ich zur Beichte, denn Gott hatte dem Pfarrer die Macht übertragen, mir zu vergeben oder nicht. Wenn ich einen Büstenhalter auf der Wäscheleine sah, und wenn es mir nicht schnell genug gelang, die Augen zu schließen, wurde gebeichtet: »Ich habe Unkeusches angeschaut«. Zur Buße mußte ich sieben ›Vaterunser‹ und sieben ›Gegrüßet seist Du Maria‹ beten. Wer sich verzählt, betrügt Gott, und die Beichte wird ungültig. Ewige Verdammnis und Hölle.
Mein Leben war auf Bedrohung und Furcht gebaut, es dauerte Jahrzehnte, bis ich das überhaupt begriff. Aber ich komme noch dazu, bleiben Sie noch hier, gehen Sie nicht nach Haus.
Die nächste Stufe in der Unterweisung des christlichen Glaubens: Kommunion-Unterricht. Mit siebeneinhalb Jahren ist die erste Heilige Kommunion an der Reihe. *(Er liest wieder aus dem Katechismus)* »Wir wissen, daß der Leib und das

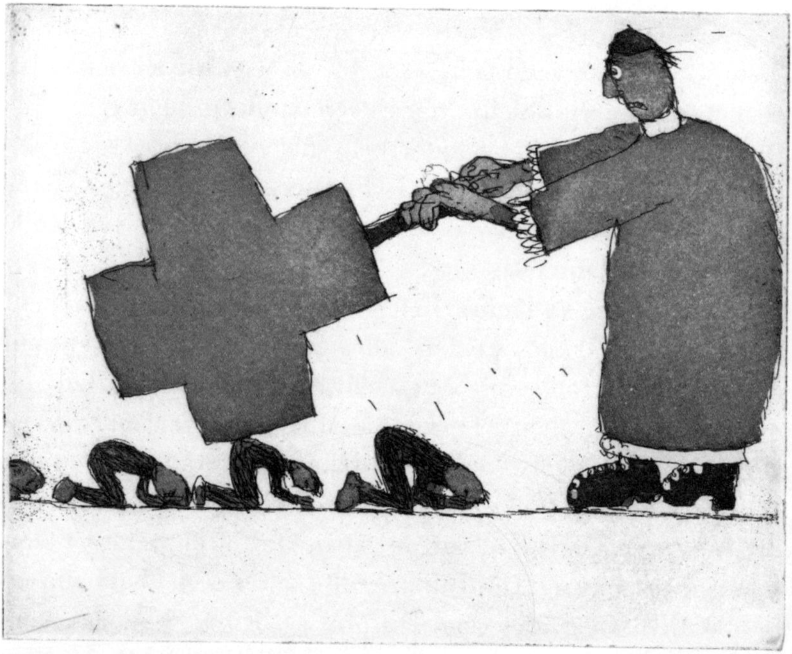

Blut wahrhaftig und nicht nur symbolisch in Brot und Wein enthalten sind, weil Christus es seinen Jüngern gesagt hat und die heilige katholische Kirche es von jeher so geglaubt und gelehrt hat...« Die Hostie mit den Zähnen zu berühren hieße Gott beißen und wollt Ihr Gott beißen? Also ist es eine schwere Sünde, die Hostie zu beißen, sie mit den Zähnen zu berühren wohl eine leichtere, aber auch das ist Sünde. Wer das nicht glaubt, ist ungläubig, und Unglauben ist die allerschwerste Sünde vor Gott. – – –
Das erträgt nur, wer taub ist und nichts hört.
Rein ins Ohr, raus aus dem Ohr.

(Steiner spielt mit der Fernbedienung des Fernsehers. Im Fernsehen läuft ein Banalfilm. Falcon Crest oder so etwas. Er schaut eine Weile hin, läßt es weiterlaufen während er redet und schaltet erst den Ton, später ganz ab. Er redet leise mit sich selbst):

Was wißt Ihr schon über Eure Kinder? Begreift Ihr, was Eure Kinder da glauben müssen?

(Wieder zu den Leuten)

Also die Sünden wurden gelehrt: der Glaubenszweifel (wenn nicht fest und unerschütterlich für wahr gehalten wird, was Gott uns durch seine heilige katholische Kirche sagt).
Der Neid. Die Hoffahrt. Der Hochmut. Steiner war siebendreiviertel Jahre alt und hielt die Hoffahrt für eine Abart von Hoffnung. Die Last wurde unerträglich. Bei der Kommunion

meinte er Menschenfleisch zu schmecken, denn der Glaube versetzt Berge. Acht Jahre alt, oh Steiner, was haben sie mit dir gemacht!

(Er setzt sich aufs Bett und schaltet den Fernseher wieder an; er schaltet in den Programmen herum, steht dann auf und redet sachlich weiter)

Steiner war neun, als ein Jesuit den Unterricht übernahm. Wir beteten ihn an, denn er beschrieb die Schönheit Jesu in etwa so wie er selbst aussah. Nur 40 Zentimeter größer war der Gottessohn. »Er war kein armseliger Prediger oder Schwächling. Er war SCHÖN. Und GROß. Und STARK, wir haben sein Grabtuch. Ebenmäßige Gesichtszüge, starke Glieder. Wie auch sonst hätte er die Juden (hört hin: die Juden) aus dem Tempel, also dem Haus Gottes prügeln können? Er allein gegen alle Juden. Jungs, das war ein Kerl! Und so wollen wir werden. Wie Jesus. Wir sind Soldaten des Herren, geweiht der heiligen Jungfrau Maria...«
Inzwischen wurde ich – Steiner – zwölf. Erste Schwierigkeiten beim Pinkeln stellten sich ein, denn eine Art von Versteifung an einem gewissen Ding behinderte mich, die ich mir nicht erklären konnte, denn dieses zu durchdenken, stand unter schwerer Strafe (von oben. Von Gott. Der alles beobachtet).
»Wer Schwierigkeiten hat, gleich welcher Art, ich bin für euch da, Jungs. Nur fragen.« So der Mann Gottes.
Und ich fragte. Hochroter Kopf.
Und er lachte.
»Das ist die beginnende Männlichkeit, mein Junge. Hätte Gott

uns nicht so gewollt, hätte er uns nicht so geschaffen. Hattest du schon einen nächtlichen Samenerguß?«
Ein paar Erklärungen und ich konnte bejahen.
Nur hatte ich diesen für Bettnässerei gehalten und drunter gelitten wie ein reudiger Hund.
»Na, dann komm am nächsten Mittwoch in unsere Aufklärungsstunde.« Er kam in kurzen Hosen mit offenem Hemdenkragen und recht fröhlich.
Etwas Theorie folgte:
»Die Lust macht sich bemerkbar durch eine Art Wärmegefühl in der Schamgegend, das Glied versteift sich, sie kommt vom Satan. Der Soldat Christi besiegt selbstverständlich die Lust. Einmal durch gewisse Stoßgebete, Anrufung der Muttergottes – nützt das nichts, bekämpft er sie durch Auflegen eines nassen Lappens. Mit KALTEN Wasser.
Denn wer den Leib nicht besiegt, wird sein Sklave. Der Geist ist es, den Jesus liebt.«
Da stand dann die Schüssel mit dem kalten Wasser. Und sechs grobgewebte Lappen, aus dem Zeug, woraus die Kutten der Mönche gemacht werden. Sechs, denn wir waren fünf Jungens und ER. Der Mann Gottes.
Erst ein wenig Theorie. Ein Stoßgebet. Einen Rosenkranz und dann die Praxis.
Hosen runter.
»Auch ich. Selbstverständlich, Jungs, wir sind doch alle Männer und auch Christus war ein Mann. Und WAS für einer.«
Die kalten Lappen wurden an Ort und Stelle plaziert. Ein wenig hin und hergeschoben – es nutzte freilich nichts, doch der Mann Gottes war ohne jede Sorge, daß Gott beleidigt sein könnte. Ich will es Ihnen nicht weiter beschreiben, Sie können

es probieren, es nützt nichts, das Gegenteil tritt ein, denn der Lappen erwärmt sich.

»Wenn Gott es zuläßt, Jungs, dann ist es sein Wille und keine Sünde…«

Und bei mir, Steiner, kam ein Ekel auf, den ich zeitlebens nicht mehr loswerden konnte. Immer da, wo er nicht sein durfte, stellte er sich ein, und ich brachte ihn nie wieder los.

– – – –

Hier endete der erste Teil eines Steinerlebens. Im Geiste verwirrt und in die falsche Richtung geschickt, stand der Knabe vor einer Wüste oder einem Chaos und durfte sich jetzt seinen Weg suchen.

In den ersten acht Jahren werden die Weichen gestellt. Uskowiter, merkt es euch für eure Kinder.

Sagen sie doch: »Gebt uns die Kinder, bevor sie sieben sind.« Fatal und welch eine Teufelei…

VORHANG

Pause

Der Vorhang geht auf, Steiner steht vom Bett auf und redet so, als setze er eine Erzählung fort:

Das war so im letzten Kriegsjahr, die Deutschen verließen Uskow und auch der Mann Gottes ging ins Reich – Ende einer Epoche für Steiner. Dann ereignete sich alles sehr schnell.
Es gab keine Juden mehr – aber ich vergaß vielleicht zu erzählen, daß ich damals viel an einen mit Namen Hecht denken mußte. Ich liebte ihn sehr, er war ein Altwarenhändler, sein Lager war nicht weit weg.
Er hatte einen Riesenschuppen mit unergründlichen Schätzen an Spielzeug. Wer ihm ein Hasenfell brachte – die Uskowiter hatten immer und zu jeder Zeit Hasen im Stall und waren begeisterte Meister im Schlachten, kein einziges Loch im Fell, nirgends eingerissen, macht wohl die Übung. Wer ihm ein Hasenfell brachte, konnte sich heraussuchen, was er wollte. Egal, ob das Fell Löcher hatte oder nicht. Er prüfte es nicht einmal, warf es nur hinter sich auf einen stinkigen Haufen.
Herr Hecht hatte eine Silberplatte auf dem Kopf, denn er war im ersten Weltkrieg verwundet worden. Auf der deutschen Seite. Wahrscheinlich liebte er Kinder über alles.
Sie holten sich viel zu viel heraus, bestahlen ihn, er tat so, als sähe er es nicht und zog an seiner nassen Zigarre. Und dann haben die gleichen Kinder später, als sie in der Hitlerjugend waren, seine Bretterbude angezündet – Herr Hecht konnte nicht fliehen, er hatte nur ein Bein.
– – – –
Man hat diesen Fall nicht einmal verfolgt. Nur den Platz eingeebnet.

Wußten Sie, daß in den Kirchen für den Sieg Hitlers gebetet wurde?

– – – – –

Wenn die Älteren von unsern ›Soldaten Christi‹ in den Krieg zogen, wurden sie ermahnt, dem Führer zu gehorchen und ihre Pflicht zu tun, denn der Herr sprach: Gebt dem Kaiser, was des Kaisers ist... Jesus liebt die Kämpfer, sagte er nicht: »Nicht den Frieden bringe ich euch, sondern das Schwert...«? – – Mein Gott Steiner, du brachtest es nicht aus dem Schädel.

– – –

Und du bringst es auch heute nicht heraus. Das rumort auf Ewigkeit.

Er hebt die Fernbedienung vom Boden auf. Schaltet herum. Banalprogramme. Dazwischen kurz der große Auftritt des Papstes, er schaltet schnell und im Zorn weiter und dann ab.

– – –

Und dann begegnete ich ihm zum ersten Mal *(Er zeigt mit dem Kopf auf die Tür)* – – –
Horden von besoffenen Russen walzten über das Land und da geschah es schon mal, daß ich, Steiner, ich war dreizehn, an die Wand gestellt wurde: Iddi sjuda!! – die Kalaschnikow wurde durchgeladen, aber dann ging der Kalmücke, kahlgeschoren waren sie – weiter, es war nur ein Spaß.
Oder jemand lenkte ihn ab, er drehte sich um, und ich war weg wie ein Wiesel – nur wurde mir das nicht ganz klar, wem

ich da begegnete. Wohl zitterte ich, doch ich hatte es noch nicht begriffen.

Er wendet sich an die Tür.

Ist das so?
Es war wohl so. –
Ich arbeitete dann in einem Steinbruch. Einmal, weil ich keinen anderen Job fand, dann hatte ich aber auch nichts dagegen, freute mich gar, denn ich erhoffte mir, dadurch meine Muskeln zu stählen. Mein Vater der Säufer hatte mir genmäßig da nichts vererbt, er hatte Muskeln wie ein Mücke. Er hatte mich indeß zu seinem Mitsäufer gemacht.
»Ein Mann muß saufen. Wer nichts säuft – weg mit dem. Schnaps ist die einzige Medizin gegen alles – – –« danach lebte er, das hatte er so im Kopf, und damit wurde er 86 Jahre alt.
– – – Ich brachte die Furcht vor Gott aus meinem Kopf nicht raus – – – »der Geist muß den Leib besiegen. Der Leib muß unterworfen werden…« Ich dachte, durch harte Arbeit würde die Lust abgeschwächt – nichts davon.
Ich dachte nur an nackte Weiber. Tag und Nacht und NACHT UND TAG. Könnte heute noch beschwören, daß der Mensch keinen freien Willen hat, denn denkt doch mal weg davon, Leute, wenn die Brunft euch überfällt! Keiner kann sagen, er könnte es. Erst im Alter geht das. Bilder gab es damals nicht in dieser Richtung, nur undeutliche Kunst in Kunstbuchwerken, Lexiken, und der Gedanke bohrte in meinem Schädel, drückte in der Hose und ich soff. Und soff, was die Gedanken aber nicht ausblies –

– – – doch es half gegen die Furcht.
Vor Gott, vor dem Gespenst über den Wolken, das dich beobachtet und dich strafen wird –
ich war immer noch vierzehn, im Kopf offensichtlich das Gehirn einer Fliege.
Da wagte ich eines Tages einen kühnen Gedanken. Den ich fast heute noch für den kühnsten Gedanken, den der Mensch packen kann, halte:
Und was ist, wenn es gar keinen Gott gibt?
–
Und es keinen gibt, der dich überwacht? –
In Ordnung, Sie haben recht, der Gedanke bedarf der Verfeinerung, aber als Grundlage – – – für einen Anfangsmenschen ist er groß, nicht wahr?
Leider verlor sich diese Kühnheit, wenn der Schnaps nicht mehr wirkte. Und ich trank wieder einen, um sie wieder zu erlangen – –
Zuvor war ich für meine Kameraden im Steinbruch das Arschloch der Nation gewesen. Hatten sie wunderbare Sauereien über die Weiber auf Lager, hörte ich weg und verzog mich unauffällig. Unauffällig, das meinte ich nur. Sie trieben ihre Späße, waren stärker, ihr Vater hatte ihnen andere Gene vererbt und sie arbeiteten länger im Steinbruch, als ich. Ich verschwieg meine Verwirrung, keine Rede über die Mutter Gottes.
Die Kirche mied ich. Nur daran vorbeizugehen, verursachte mir Übelkeit.
– – –
Wieder im Suff, – denn der Verstand eines 14-Jährigen ist nicht der von Einstein, – dachte ich dann auch mal das Ge-

genteil: »Und was ist, wenn da doch einer ist, der dich überwacht?« Heute weiß ich, daß man im Suff nicht immer klüger wird. Ein Glas zuviel – Sense.
Später kamen freilich auch Feinheiten hinzu: »Alles dies ist nur auf DIESE Weise nicht wahr. Es ist anders. Es müßte eine andere Wahrheit geben und nicht diesen Unsinn.«

Er geht auf und ab.

Ich arbeitete mir genügend Muskeln an, kam über die Grobheiten des Denkens und Handelns hinaus und erlangte eine beachtliche Geschicklichkeit in der Bearbeitung von Steinen. Wo ich den Meissel ansetzte, dort sprang der Stein auch exakt gezielt ab. Ich übte mich im Rillen-Ziehen, Ziselieren, Aushöhlen – auch im Saufen ergaben sich gewisse Kunstfertigkeiten, die ich als Anfangsmensch zuvor nicht ahnte.
Da wurden Unterschiede gemacht zwischen den einzelnen Sorten und in der Auswahl des Alkohols, auch Wein nahm ich in mein Repertoir auf.
Was ich zu welchen Speisen trank, wurde bald herausgefunden und befolgt. Ich konnte gezielt gewünschte Zustände erreichen. Etwa den der Kühnheit des Körpers, der mich nicht taumeln machte, sondern gelenkig auf Zäunen balancieren ließ.
Was den Leib angeht.
Auch den der Kühnheit im Geiste.
Was ich aber auch nutzen konnte, um mir in Stein Formen auszudenken, die ich erst mit dem Zeichenstift festhielt und dann später in nüchternem Zustand umsetzen konnte.
Ich hatte zu diesen gehobenen, ich nannte sie da ›vergeistig-

ten‹ Begegnungen mit dem Alkohol (den ich schon da für das einzig Vernünftige hielt, was Gott wohl schuf, wenn er überhaupt etwas schuf und nicht alles nur die Wirkung einer Ursache ist, – er selbst nichts anderes ist als die Ursache selber. Diese diffizilen Gedankengänge kamen mir aber erst viel, viel später, als ich den Alkohol auf winzige Mengen reduzieren konnte, also Jahrzehnte danach.) ... hatte ich keine Kumpane. Da wollte ich allein sein. Ihm nachspüren, wie er im Archiv meines Geistes herumspazierte – – – nur kam es mir auch immer wieder hoch: dieser Unfug, diese Menschenverachtung, die da behauptet, du wirst als Sünder geboren, weil das Weib als Verbündete des Teufels – – – ich hatte bis da noch nie ein nacktes Weib gesehen und dann brach es mit einmal los.

Wie ein Staudamm.

Ich – Steiner – wurde ein Sexomaniak und konnte es nicht aufhalten.

Ich will Sie damit nicht langweilen, lesen Sie Bukowski oder erinnern Sie sich an das, was Sie selber tun – es ist nicht anders gewesen.

Etwas war aber doch anders. Etwas war schlimmer, weil – – mir kam immer wieder dieser Ekel hoch, der mich in der Bekämpfung der Lust unter Anleitung des Gottesmannes befallen hatte – und ich wurde ihn nicht los. Du liegst da so – und da fällt es auf dich wie eine Spinne.

Ob ich soff, ob ich nicht soff – es war immer da, wenn es nicht da sein durfte.

Psychiater sagen, den katholischen Schaden hat noch keiner beheben können. Ein wenig verschütten – das vielleicht. Beheben nie.

Ich stellte mich natürlich so dumm an, wie es nur geht. Hatten Sie schon einmal Verkehr mit einem echten Katholiken? Oder einer Katholikin? Frau Struck sagt, sie hatte und der sei sehr frei gewesen. Entweder, er hat seine Lehre nie begriffen, oder sie lügt, oder sie hat keine Ahnung. Ein Katholik, dem seine Lehre mit dem Hammer beigebracht wurde – – kann nicht – – mit Freude – –

Er murmelt und schaltet am Fernseher herum. Der Zettel, der mit einer Nadel an die Wand geheftet war, fällt herunter. Er hebt ihn auf und steckt ihn wieder fest.

Wegen meiner Geschicklichkeit bekam ich eine Arbeit bei einem Steinmetz, wir machten Grabsteine. Ich wurde immer feiner in meiner Linienführung – fantastische Ecken in den Buchstaben. Sie, die Steinmetzen, wären gern Bildhauer, aber man läßt sie da nicht rein. Bildhauer sind Künstler und Künstler sind erhabene Idioten. Man säuft zwar mit einer gewissen Jovialität zusammen – sonst wüßte ich nichts über Künstler – aber man sollte den näheren Umgang mit ihnen meiden. Sie sind auch sehr herablassend. Nicht einladen. Sie pinkeln unter die Tische und an die Wände, je vornehmer eine Wohnung, um so größer die Neigung, und man wagt es nicht, sie hinauszuwerfen, läßt lieber den Putz abschlagen – irgendwie kann ich dieses Künstlerpack nicht ertragen...
Ich kann nicht sagen, ich bin manchmal auch nicht ehrlich gegen mich selber, der Mensch irrt sich so leicht, ich kann nicht sagen, ob ich je ein Künstler hätte sein wollen.

Man sagt, die Künstler seien näher an der Wahrheit und brächten denen, die ferner von der Wahrheit sind, diese näher.
Alles Bulshit.
Meine Katze ist der Wahrheit am nächsten. Näher als jeder Künstler oder Papst.
Sehen Sie, jetzt bin ich schon wieder bei dem Übel – ich – bring – es – aus – dem – Kopf nicht raus!!
Gut, es ist möglich, daß es Künstler gibt, die gefährlich in die Nähe der Wahrheit geraten – nehmen Sie Leonardo! Der sagt: »Wahrscheinlich ist Gott nichts anderes, als so etwas wie die Schwerkraft.«
DAS ist die Wahrheit pur!!
Nicht Geist, nicht Licht, kein Ding, kein Wesen, nicht gut, nicht böse – – –
Uskowiter – – –

Denkpause

Wußten Sie, daß der Vatikan mit Hitler einen Pakt geschlossen hatte? Hitler sicherte dem Vatikan die zwangsweise Einziehung der Kirchensteuer zu und die Kirche sicherte ihm zu, nicht in sein Treiben einzugreifen und die Katholiken anzuhalten, ihn zu unterstützen.
Bravo!!

(Redet zu sich selbst)

Ich bringe es aus dem Kopf nicht raus – – – Verzeihen Sie. Ich fange immer wieder damit an. Womit ich wieder beweisen kann, daß der Mensch keinen freien Willen hat. Wieviel hun-

dert Male habe ich mir schon gesagt: Steiner, hör doch endlich auf damit, die wollen es nicht wissen. Augen zu, Ohren zu, mitmachen und nie darüber nachdenken, wir haben andere Sorgen.

Es ist ja auch nicht mehr dein Bier, lieber Steiner.

Ist nicht so. Der Vatikan: einmal dein Bier, immer dein Bier, – als wär's ein Dauerschaden wie ein lahmes Bein. Du humpelst auf Lebenszeit.

Ich bekam dann einen Job bei einem Restaurator.

Mit meiner Kunstfertigkeit bekam ich die interessantesten Arbeiten. Ich aß vortrefflich, trank den besten Wein und konnte die Gedanken in abgelegene Fernen fliegen lassen.

Ich war ja immer auf der Suche nach einer einzigen Spur von Gott in dieser Welt.

Ich meine: die Spur eines GUTEN Gottes.

Zwar ist die Welt voller Spuren, sie selbst ist ja eine einzige Spur, nur GÜTE ist da nicht zu erkennen. Chaos ist es – wenn dieser Gott Chaos ist, dann darf er nicht angebetet werden. Schauen Sie mal!

Er schaltet den Fernseher an.
Brutalszenen in jedem Sender.

Daß er angebetet werden will, behaupten auch nur jene, welche diese Gebete verkaufen, indem sie sie vermitteln. Wie sie sagen. Dachte ich damals. Ich behaupte nicht, daß ich recht habe. Wer will, denke anders.

Wenn der Mensch sein Ebenbild sein soll, der Mensch aber eine Bestie ist – – –

Er geht herum und grübelt.

Doch dann würde ja alles wieder stimmen. Der Mensch eine Bestie, die sich nicht vermehren soll, die Vermehrung also eine Sünde – – aber hören Sie mir einfach nicht zu, wenn Ihnen das nicht gefällt. Einfach schlafen…
Nur – – ich bringe es aus dem Kopf nicht raus.
– – –
Ich verbrachte die Jahrzehnte damit, die Verwirrung der Kindheit loszuwerden.
Jahr – – – zehnte.
Und wenn ich jetzt nicht lachen kann, wenn ich jetzt nicht lachen kann – – dann ist es vielleicht dieser ›Wahnsinn im Herrn‹
Uskowiter –

Denkpause. Er setzt sich hin – steht wieder auf.

Wir haben einmal in Rom restauriert.
Einer von unseren Jungs machte sich in den Archiven zu schaffen und fand die Speisekarte jenes heiligen Konzils, als sie Jahre hinter verschlossenen Türen saßen, um dann zu verkünden, Maria sei mit ihrem Leib in den Himmel eingegangen. Bedenken Sie zunächst: in den Himmel gingen oder gehen nur unsichtbare Seelen ein. Nun aber taucht dort ein Leib auf. Eine Frau. Nackt, denn von Bekleidung ist in diesem Dogma keine Rede. Was tut sie? Herumfliegen – und was ändert diese Behauptung für den Gläubigen ach – – – denken Sie weiter, was Sie wollen.
Aber dann: unser Mann fand in den Archiven die Speisekarten und Rechnungen der Speisen, was jene, die da im Konzil

›beteten‹, zusammenfraßen – verzeihen Sie, die Sie die Ehrfurcht haben. Doch würde sie Ihnen vergehen, läsen Sie, was sich da abspielte. Und Sie würden begreifen, was da vor sich ging. Unmengen von Nachtigallenzungen nenne ich nur, und bitte, halten Sie ein in ihrem Theaterschlaf und stellen Sie sich im Kopf vor, wie viele Millionen Nachtigallen gefangen werden mußten. Dann wird ihnen der Kopf zusammengedrückt, damit der Schnabel sich öffnet und man ihnen die Zunge herausreißen kann, man muß den Vogel dabei nicht töten, man kann ihn einfach wegwerfen, er ist sowieso hin. Ich lasse Ihnen eine kleine Denkpause, sofern Sie zugehört haben. Erzähle Ihnen dann von – – – – Doch Sie glauben es nicht, weil sie es nicht glauben dürfen. Gehen Sie hin, beschaffen Sie sich Zutritt zum Archiv, bevor sie mich, Steiner, der Lüge bezichtigen.
Am Ende haben die einen dummen Ulk präsentiert und verkaufen unverfroren eine halbe Welt für dumm und ich, Steiner, bringe alles das aus meinem Kopf nicht heraus. Ein ganzes Leben dafür aufgewendet, durch alle Feuer gegangen und ich werde den Haß nicht los. Weil sie mir meine Liebe zu Traudi zerstörten.
– Wissen Sie was? Mir ist es scheißegal, ob Sie mir glauben.
Ich rede hier nur zu mir selber.
Ich will nichts weiter – als hier hinausgehen
– – und lachen.
Und wem meine Geschichte nicht paßt – ablehnen. Es ist ja nicht SEINE.
Wen sie nicht interessiert – nicht zuhören. Es geschieht mehr als einmal im Leben des Theatergängers, daß ihn der Eintrittspreis reut.

Und wer es anders kennt, hat Glück gehabt.
Oder er hat Pech gehabt, denn NOCH ist Steiner nicht am Ende.

Steiner legt sich aufs Bett und schaltet am Fernseher herum. Eine Schnulze läuft ziemlich lange. Er schaltet ab.
Er steht dann auf.

Eigentlich konnte ich nie so leben, wie es sein muß. Mühelos und fröhlich. Immer trug ich diesen Stein mit mir. Den Ekel, und es war auch dieser Haß. Immer wenn ich einen von denen da...

Er schaltet den Fernseher wieder an, nach drei Versuchen bekommt er einen Kardinal ins Bild.

sah... sie sind ja überall, nur schalten, schon ist einer auf dem Bild. Wenn ich einen von denen da sah, kam in mir dieser Haß hoch.
Sie haben mir meine himmlische erste Liebe zu Traudi zerstört, indem sie mich verwirrten, sie haben mich die grenzenlose Furcht gelehrt vor einer Übermacht aus dem Jenseits – –
Und mit Haß in der Seele kannst du nicht leben. Gift, pures Gift, und du wirst krank.
Am Ende kannst du dann nicht mehr lachen, das Leben ist mißglückt.
Okay, vielleicht wollt ihr gar nicht lachen, Uskowiter, kein Bedarf oder ihr kennt es gar nicht. Dann gilt dies hier nicht

für euch. Hier geht es vorerst um mich. Steiner, Steinmetz und Ketzer. Dann hört mir nicht zu, das ist so in Ordnung.

– – –

Und dann geschah etwas.
Wir hatten in Mexico-City restauriert, ich hatte die Taschen voller Geld und trieb mich noch im Land herum und landete in einem Nest – Cuernavaca.
Mir gefiel es da und ich hatte mich in einer Spelunke eingemietet. Es ging mir da um eine Kneipe, wo der Wirt ein paar Kisten Wein von einem Freak hatte, der sie zurückließ, weil er mit dem Auto verunglückte und abging ins Jenseits... Du bekommst ja kaum Wein in dieser Gegend.
Und zu diesem Wein bereitete seine Frau vorzügliche Hühnerbeine. Keiner kam ihr je darauf, wie sie die machte. Scharf wie die Hölle, dazu den Wein, dazu die Sonne, die durch die Platanen flimmerte – die heiligsten Räusche meines Lebens hatte ich an diesem Ort, ich behaupte, es gibt Orte auf der Welt, die bringen es. Da stellt sich die Seligkeit ein, die ewig ist, denn ewig heißt ›grenzenlos‹. Eine der bestialischsten Scharlatanerien ist, die Ewigkeit in die Zeit nach dem Leben zu verlegen.
Sie findet JETZT statt und die Grenzenlosigkeit ist erreichbar. Das Leben findet im Leben statt und nicht danach. Und die beste Seligkeit ist jene, die du sofort bekommst.
Nun denn.
Ich saß also da...

Er steht auf, stellt den Tisch zurecht, stellt den Stuhl zurecht und führt vor, wie es gewesen war.

Die Sonne flimmerte – – – mein Geist war leer und stand weit offen für alles, was der Kosmos mir anbieten kann – – eine Sternstunde. Dabei fütterte ich die Hunde, ich liebe Hunde und Katzen über alles, niemals wird ein Hund diese bestialische Gemeinheit gegen seinen Herrn oder irgendein Wesen aufbringen, mit der ein Mensch seinen Hund behandeln kann – – –

Denkpause.

Da saß ich – – – da die Hunde – – und dort saß so ein alter Idiot, der nach den Hunden trat und sie mit Steinen bewarf, er selbst war nicht mehr gut auf den Beinen.
Die Hunde jaulten auf und hauten ab, wenn er sie traf, kamen dann ängstlich wieder, und er trat wieder nach ihnen.
Nur war da ein zerfetzter, reudiger Köter. Voller Narben, das Fell verfilzt – und ließ sich treten. Ohne den Alten zu beachten, nicht einmal VERachtung brachte er für den da auf. Nahm den Tritt hin, regte sich nicht und ließ sich gerade soweit von dem Fußtritt befördern, wie der ihn schob. Er schlug sich auch nicht um die Knochen und nahm nur das, was gerade vor ihm lag, wohl nicht mehr, als er brauchte.
– Und dann sah ich die grünen Augen dieses wunderbaren Wesens. Wie nicht von dieser Welt.
Uskowiter.
– – –
Da sahest du hindurch in die Ewigkeit, als ob der Vorhang aufreißt, der dir die Sicht verstellt hat auf das, was wirklich zählt – mein Gott, Steiner, dafür hat es sich gelohnt zu leben.

Lange Denkpause

Und ich begriff die Situation.
Für den Hund ist der Mensch der Gott.
Der Mensch – der Hundegott.
Und nur so kannst du dem gegenüberstehen, der da vielleicht ist.
Keine Furcht – laß ihn treten. Schicksal oder wer auch immer du bist – bediene dich.

Denkpause. Steiner setzt sich auf den Stuhl in der Mitte des Raumes.

Ab da konnte ich leben.
Wenn das, was wir nicht mit Namen nennen können, etwas ist wie die Schwerkraft, dann muß ich es nicht anbeten. Auf die Schwerkraft kann ich mich einrichten (indem ich nicht aus 30 Meter auf den Asphalt springe) – also kann ich mich auch auf das einrichten, was ich nicht kenne.
– – – Und ich muß es nicht anbeten.
Da ist etwas, was ich nicht kenne und damit muß ich zurechtkommen. – – –
Ich sage Ihnen etwas: ich habe nie zu ihm gebetet. Auch nicht, wenn ich am Ende war und nichts mehr weiterging. Aber ich habe ihn verflucht für das, was er anderen und auf dieser Welt anrichtet. Was mir geschah, damit konnte ich ab da selbst zurechtkommen. Nur den Haß konnte ich nicht ablegen.
Er hat sich nie an mir gerächt, was aber beweist, daß jener nicht ist, den ich verfluchte.
Im Gegenteil, nie ging es mir so gut, wie von dem Tag an, da ich dem, was da ist, zur Verfügung stand.

Er hat nicht einmal zugeschlagen, kein Tritt mehr aus dem Jenseits, eher eine große Freundschaft.
Was du erlebst, ist die Folge einer Ursache, meist hast du sie selbst gesetzt.

– – –

Wenn ich den Ursachen ausweiche, die Schlimmes nach sich ziehen, wird das Schlimme nicht passieren. Einzige Schwierigkeit: die Ursache ERKENNEN. Daran scheitert ihr.

– – –

Doch vielleicht geht Sie das alles nichts an, weil Sie keine Uskowiter sind. Oder Ihr wollt es nicht wissen, weil Ihr dann denken müßt. Na gut, doch ist ja nicht schlecht, zu wissen, was Steiner denkt. Man kann dann vergleichen, sich etwas heraussuchen – vielleicht sind Sie nur in dieses Theater geraten, weil Sie ein Abonnement haben – dann betrachten Sie dies als eine Lehre. Sie haben gelernt, nicht mehr ins Theater zu gehen, ohne vorher das Thema zu erkennen.

– – –

Vielleicht sind Sie keine Uskowiter, aber lieben die Bibel als Lektüre. Viele lieben die Bibel, haben sie aber nie gelesen. Hören Sie mal:

Er holt eine Bibel unter dem Bett heraus.

– – es ist keineswegs so, daß ich nicht auch da SEINE Spur gesucht hätte...
»... Und wenn der Herr dein Gott sie (die Feinde) dir in die Hand gibt, so sollst du alles, was männlich ist, mit dem Schwerte erschlagen. Nur die Frauen, das Vieh und die Kinder und alles, was in der Stadt ist, sollst du aufteilen unter

euch... so sollst du mit allen Städten tun, die fern von dir liegen... und in den Städten, die der Herr dein Gott dir zum Ende geben wird, sollst du nichts leben lassen, was Odem hat, wie der Herr dein Gott dir befiehlt...«
– – – Und so befolgtet ihr die Anweisung eures Herrn, Uskowiter. 2000 Jahre lang auf diese Weise christianisiert und aufgeteilt – – – und darum werde ich meinen Haß nicht los.

Er schaltet den Fernseher ein – bekommt eine Nobelsendung, immer noch Falcon-Crest.

– – hier haben Sie die Pracht – – –

Schaltet um, bekommt den Vatikan rein.

– – und die Herrlichkeit

Schaltet weiter, Krieg im Bild, serbische Soldaten posieren mit den abgeschlagenen Köpfen der Moslems.

– – und sollst du nichts leben lassen, was Odem hat

Er steht auf und geht herum.
Wieder fällt der Zettel von der Wand. Er hebt ihn auf und liest.

– – »Nichts wollen, Steiner...«

Grübelt.

– – Ich kannte einmal einen, der lebte mühelos. Alles war in Ordnung, er war fröhlich, und ich fragte ihn, wie er das macht. Ich erzählte ihm von jenem Stein, den ich trage und daß ich einen Haß loswerden wolle – es ginge nicht.
Er sagte: »DAS WOLLEN ist der Fehler, Steiner.«
Es gäbe ein paar wenige Regeln, mit denen man leben könne, und dieses sei meine. Meister lehren sie, ich sei wohl keinem Meister begegnet?
Ich war einem Meister begegnet: jenem Hund in Cuernavaca – doch das war danach.
– – Ich schrieb mir manchmal Maximen auf Zettel und hängte sie an die Wand, um sie zu erledigen. Ich schrieb: »Nicht mehr, als einen halben Liter Wein trinken.« Ich hielt mich daran. Oder: »Konflikte vermeiden.« Waren sie erledigt, war der Zettel nicht mehr nötig. Es blieb nur dieser eine übrig...

Er bleibt stehen und grübelt.

NICHT WOLLEN, Steiner!
Auch nicht wollen, daß etwas anders hätte sein sollen, als es war. Es war, wie es war, und das ist so in Ordnung.
Und du, Steinmetz und Ketzer, WILLST immer noch, daß du jetzt lachen kannst. Daß du sie nicht mehr haßt. Daß es hätte anders sein sollen, als es war
– – – Steiner, was warst du für ein armseliger Hund –
– – – dabei wäre es so einfach gewesen – – –

Es klopft. Steiner geht aus der Tür und lacht und lacht und lacht.

VORHANG

© Janosch
Aufführungs- und Vervielfältigungsrechte
ausschließlich durch
MERLIN VERLAG Andreas Meyer Verlagsgmbh & Co KG
Gesamtherstellung: Druckhaus Münster Kornwestheim
Im 35. Jahr des Merlin Verlages
2. Auflage, Gifkendorf 1992
ISBN 3 926112 34 4